(N° 239)     SUCCESSION DE FEU M. LÉON MANCHON

*Vente des Vendredi 28 et Samedi 29 Avril 1911*

## HOTEL DROUOT — SALLE N° 11

N° 200 du Catalogue

# ESTAMPES & DESSINS

Mᵉ ANDRÉ DESVOUGES                    M. LOYS DELTEIL

FRAZIER-SOYE

GRAVEUR-IMPRIMEUR

153-157, RUE MONTMARTRE

PARIS

# CATALOGUE

DES

# ESTAMPES

&

# DESSINS

FORMANT LA SUCCESSION DE FEU M. LÉON MANCHON

———

*Dont la vente aura lieu*

à Paris, HOTEL DROUOT, Salle N° 11

*Les Vendredi 28 et Samedi 29 Avril 1911*

*à 2 heures précises*

———

Par le Ministère de M⁺ ANDRÉ DESVOUGES

COMMISSAIRE-PRISEUR

*26, Rue de la Grange-Batelière*

Assisté de M. LOYS DELTEIL, Artiste-Graveur, Expert

*2, Rue des Beaux-Arts*

# CONDITIONS DE LA VENTE

———

Elle sera faite au comptant.

Les adjudicataires paieront *dix pour cent* en sus des enchères.

M. Loys Delteil remplira les commissions que voudront bien lui confier les amateurs ne pouvant y assister.

MM. les amateurs pourront visiter la collection, 2, *rue des Beaux-Arts*, du Vendredi 21 au Mardi 25 Avril 1911, de 2 heures à 5 heures (*le Dimanche excepté*).

———

## ORDRE DES VACATIONS :

Vendredi 28 Avril................ Nᵒˢ  1 à 208.
Samedi 29 Avril................. Nᵒˢ 209 à la fin.

———

N° 218 du Catalogue.

# DÉSIGNATION

### BELLEROCHE (A.)

1. En Visite. Très belle épreuve, *signée*.

2. Soucieuse — Etude de Femme en chemise. Deux
pièces. Très belles épreuves, *signées*.

### BELTRAND (Marcel)

3. Paysanne cousant. Superbe épreuve, *signée* (n° 4).

### BERTON (Armand)

4. Portrait de l'Artiste — Rieuse — Nymphe et Amour.
Trois pièces. Très belles épreuves, *signées*.

5. Fillette riant, lithographie, épr. *unique*, *signée*.

6. Causerie. Très belle épreuve, *signée* (n° 2). Tirée à 6 épr.

7. Femme à sa toilette. Très belle épreuve, *signée*.

8. Effet de torse — Le Tub. Deux pièces. Très belles épreuves, *signées*.

9. La Toilette. Très belle épreuve *tirée en 2 tons*, *signée* (n° 5) (L'Estampe nouvelle).

10. Jeune Baigneuse de dos — Femme se coiffant. Deux pièces. Très belles épreuves, *signées*.

### BERTRAND (A.)

11. Embarquement pour Cythère, d'apr. A. Watteau, épr. *avec remarque*, *imp. en couleurs*, *signée* (n° 14).

12. Une Matinée, d'apr. Corot, épr. *avec remarque*, *imp. en couleurs*, signée.

13. Les Midinettes. Très belle épreuve, *imp. en couleurs*, *signée* (n° 16).

### BESNARD (Albert)

14. Liseuse. Très belle épreuve, *signée*.

### BEURDELEY (Jacques)

15. Débarquement de charbons sur la Tamise — Barques d'ouvriers sur la Tamise. Deux pièces. Très belles épreuves, *signées* et *numérotées*.

### BONVIN (F.)

16. *Six Eaux-Fortes* — Paris, 1861 — 1ᵉʳ tirage dans la couv. de publ.

### BOTTINI (George)

17. Le Cake Walk au bar — Adresse de Sagot. Deux pièces, *imp. en couleurs*, la 1ᵉ *signée*.

### BRACQUEMOND (F.)

18. Les Trembles (218). Belle épreuve, *signée*.

19. Brumes du Matin (779). Très belle épreuve du
    1<sup>er</sup> état, sur japon.

### BROUET (A.)

20. Les Chiffonniers — Le Savant — Marchand
    d'habits, etc. Six pièces, *signées* et *numérotées*.

### CARRIERE (Eugène)

21. Réalités ayant la magie du Rêve. Eau-forte. Très
    belle épreuve *d'essai, avec dédicace*.

22. Fillette, de face. Superbe épreuve *avec dédicace*.
    Rare.

23. Daudet (Alph.). Très belle épreuve *avec dédicace*.

24. La Lecture. Très belle épreuve, *signée*.

### CARO-DELVAILLE (H.)

25. Allaitement — Les Estampes. Deux pièces *signées*,
    la seconde rehaussée de pastel.

### CASSATT (Mary)

26. Le Reflet dans la Glace. Très belle épreuve sur
    japon, encadrée.

27. Femme et Enfant sur l'herbe. Très belle épreuve,
    *imp. en couleurs, signée* (n° 7).

28. La Leçon de crochet. Très belle épreuve, *signée*
    (n° 5).

### CHAHINE (Edgar)

29. M<sup>me</sup> J. E. Très belle épreuve, *signée* (n° 3).

30. Louise France en buste. Très belle épreuve, *signée*.

31. Berthe Masson. Très belle épreuve, *signée* (n° 3).

32. Cornely. Très belle épreuve, *signée*.

33. Anatole France. Très belle épreuve, *signée* (n° 4).

34. Le Père de l'Artiste — M. W. A. M. Deux pièces *signées*.

35. Arlette. Très belle épreuve, *signée* (n° 7).

36. Lara. Superbe épreuve sur japon, *signée* (n° 20).

37. Elvira. Superbe épreuve sur japon, *signée* (n° 13).

38. Lydia. Très belle épreuve, *signée* (n° 3).

39. La belle Rita. Très belle épreuve, *signée* (n° 5).

40. Lily Arena. Très belle épreuve sur japon, *signée* (n° 7).

41. M^{lle} Cyclone. Très belle épreuve, *signée* (n° 8).

42. Jane Avril. Très belle épreuve, *signée* (n° 8).

43. Marys. Très belle épreuve sur japon, *signée* (n° 3).

44. M^{lle} Lily. Belle épreuve sur japon, *signée* (n° 3).

45. Les Coussins. Belle épreuve du 1^{er} état, *signée*.

46. Aux Courses? Très belle épreuve sur japon, *imp. en couleurs, signée*.

47. Trotteuses. Très belle épreuve *imp. en couleurs, signée* (n° 7).

48. La Promenade. Très belle épreuve, *signée* (n° 4).

49. Promenade nocturne. Très belle épreuve, *signée* (n° 13).

50. Mendiante à l'Eglise. Très belle épreuve, *imp. en couleurs, signée* (n° 1).

51. Un Coin de rue, quartier des G^{des} Carrières. Très belle épreuve, *signée* (n° 20).

52. Marchandes au panier. Très belle épreuve, *signée* (n° 5).

53. Les Frites. Très belle épreuve, *signée* (n° 30).

N° 5 du Catalogue.

54. Place Clichy — Le Canal de la Villette. Deux pièces, *signées*.

55. Matinée d'Hiver, b<sup>d</sup> Ney — Sans travail. Deux pièces, *signées*.

56. Marchande de quatre-saisons — Le Trottin — Berges de la Seine. Trois pièces, *signées*.

57. Midinette — Danseuse de corde — Double prise de tête à terre — S<sup>t</sup>-Gervais. Quatre pièces, *signées*.

58. Sujets divers. Six pièces, *signées*.

### COROT (d'après J. B. C.)

59. *Douze lithographies*, par Em. Vernier. Paris, 1870, 12 pl. dans le cart. de publ.

### COTTET (Charles)

60. Retour de Pêche. Très belle épreuve, *imp. en couleurs* (n° 1).

### DAUBIGNY (C. F.)

61. Le Buisson — Le Coup de Soleil (73-79). Deux pièces, d'ap. Ruisdael, *avant la lettre*.

62. Voyage en bateau, titre et 15 pl. avec avant-propos.

### DAUCHEZ (André)

63. La Plaine. Très belle épreuve, *signée* (n° 22).

### DEBUCOURT (P. L.)

64. Le Marchand de Saucisses — Le Jour de barbe d'un Charbonnier. Deux pièces *coloriées*. Sous verre.

### DELACROIX (Eug.)

65. Œuvre unique a l'eau-forte d'Eug. Delacroix, exempl. n° 32, *avant la lettre*, 6 pl. dans la couv. de publ.

### DELCOURT (Maurice)

66. La Modiste — Place S^t Georges. Trois pièces, *imp. en couleurs, signées.*

### DETOUCHE (Henry)

67. La Sevillana — Gitanes d'Andalousie — Ebat matinal. Trois pièces. Très belles épreuves, *imp. en couleurs.*

### DUPONT — DUBUC (V.) — DARBOUR (G.)

68. Steinlen — Zagloukine — Les Barques à voiles — Dame au hibou. Quatre pièces.

### EAUX-FORTES MODERNES

69. Sujets divers, Portraits et Paysages, 50 pl., la plupart *avant la lettre*, sur japon.

### ELIOT (Maurice)

70. La Romance du Printemps — Brouille. Deux pièces. Très belles épreuves, la 1^re *imp. en couleurs, signée.*

### FAIVRE (Abel)

71. Promenade au bord de l'eau. Très belle épreuve sur chine, *signée.*

### FANTIN-LATOUR (H.)

72. Les Brodeuses, 3^e planche (143). Très belle épreuve sur chine, avec *dédicace.*

73. Prélude de Lohengrin, 2ᵉ pl. (146). Très belle épreuve sur chine.

74. Baigneuses, 2ᵉ moyenne pl. (149) — Étude de femme, debout (155). Deux pièces. Belles épreuves.

75. A Johannes Brahms, grande pl. (153). Très belle épreuve *d'essai*, sur chine, avec *dédicace*.

76. Ariane (154). Très belle épreuve sur chine bleuté, *avec dédicace*.

77. Rêverie (155) — Roméo et Juliette (176). Deux pièces. Belles épreuves, la 1ʳᵉ *signée*.

78. Etude pour l'Eve (147). Très belle épreuve, *avant la lettre*, sur chine, *signée*.

79. Centenaire H. Berlioz (175). Superbe épreuve sur japon pelure, avec *dédicace*.

80. Illustrations pour le *Berlioz* et le *Wagner*, d'Ad. Jullien, 5 pl. Très belles épreuves *d'essai*, une avec *dédicace*.

81. Etude de Femme assise, de dos (133) — Pleureuse (150) — Baigneuse debout (152). Trois pièces. Très belles épreuves, deux *avec dédicace*.

### FORAIN (J. L.)

82. Chez l'Huissier (M. G. 3). Très belle épreuve, *signée* (nᵒ 6).

83. L'Aveu (5). Très belle épreuve, *signée* (nᵒ 7). Très rare.

84. *Nous, vous, eux* — Paris. s. d. — 1 alb, in-4ᵒ, *exempl. sur chine* (nᵒ 3).

85. Les Temps difficiles, Paris, 1893 — 1 alb. in-4ᵒ, *exempl. sur chine* (nᵒ 75), avec double épreuve.

86. La Vie — Paris, s. d. — 1 alb. in-4ᵒ, *exempl. sur chine* (nᵒ 75), avec double épreuve.

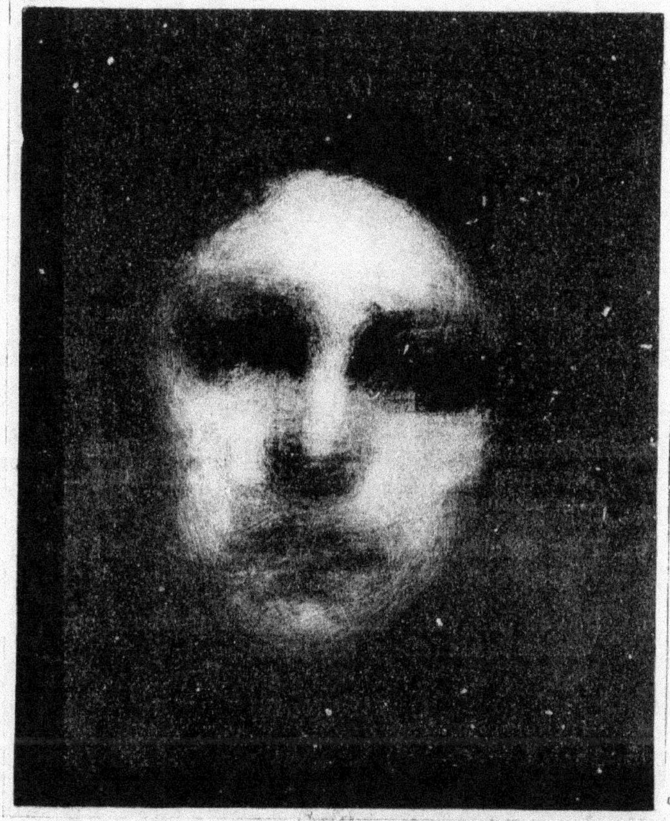

Nº 22 du Catalogue.

87. Album de Forain — Paris, s. d. — 1 alb. in-4°, *exempl. sur chine* (n° 28).

88. Rires et Grimaces — Paris, s. d. — 1 alb. in-4°, cart. *exempl. sur chine* (n° 48).

## FORTUNY (M.)

89. Arabe veillant le corps de son ami. Belle épreuve.

## GABRIEL (J.)

90-91. Vues de Marseille, de Venise, etc. — Intérieurs — Etude de chien. Trente-et-une pièces. Très belles épreuves, *signées*, quelques-unes fort rares. Deux lots.

## GAILLARD (C. F.)

92. L'Homme à l'œillet, d'ap. Van Eyck (25). Très belle épreuve *avant la lettre*, le nom gravé à la pointe, sur chine. Encadrée.

93. Tête de cire, du Musée de Lille (36). Très belle épreuve *avant la lettre*, encadrée.

94. St Georges, d'ap. Raphaël (45). Superbe épreuve, *avant toute lettre*, sur japon.

## GAUJEAN (E.)

95. Les Baigneuses, d'ap. Fragonard. Très belle épreuve, *imp. en couleurs, signée*. Encadrée.

96. Souvenirs, d'ap. Chaplin — Abandonné, d'ap. Deschamps. 2 pl. *imp. en couleurs*.

## GOYA (F.)

97. Les Caprices (1-80), suite de 80 pl. en 1 alb. cart. (tirage moderne).

98. La Tauromachie (85-115). Suite complète de 33 pièces, avec la table. Très belles épreuves avec la marque Serra, en 1 alb. in-fol. obl. cart.

99. Les Désastres de la Guerre (145-224), 80 pl. édition de 1863, 1 alb. in-4° obl. cart.

100. Les Proverbes (124-141), 18 pl., édition de 1864 — 1 alb. in-fol. cart.

101. *Nouveaux caprices de Goya, suite de trente-huit dessins inédits* — Paris, 1907 — 1 vol. in-4° cart.

## HELLEU (Paul)

102. Trois Fillettes. Très belle épreuve, *tirée sur papier ancien, signée.*

103. Jeune Femme adossée contre une cheminée. Très belle épreuve, *signée.*

104. Liseuse. Très belle épreuve, signée.

## INGRES (J. D. A.)

105. Odalisque (Loys Delteil 9). Belle épreuve (piquée). Encadrée.

## JACQUE (Ch.)

106. Intérieur de Bergerie (445). Superbe épreuve, *signée.*

107. Grande Pastorale (446). Très belle épreuve, *signée.*

108. Intérieur de Bergerie (447). Très belle épreuve, *signée.*

109. Sujets divers, Animaux et Paysages, 110 pièces. Belles épreuves.

110. *Album de sujets rustiques*, (les Mois)..., *par Adrien Lavieille* — Paris, Claye 1853 — 12 pl. sous couv. de publ.

110 *bis*. La Bergerie, grande pl. en largeur (161). Très belle épreuve sur chine, *signée*.

## JACQUEMART (J.)

111. Les Quatre Eléments — Huit études de Fleurs. Ensemble 13 pl. Belles épreuves.

## JONGKIND (J. B.)

112. Cahier des six Eaux-Fortes (Loys Delteil 1-7). Suite complète de 1 frontispice et six pièces. Très belles épreuves dans la couverture de publication.

## JOYAU (Amédée)

113. Les Voiles rouges — Matinée claire. Deux pièces. Très belles épreuves, *coloriées*.

## LABOUREUR (E.)

114. Les Usines (Lotz-B. 27). Très belle épreuve.

## LAUGHLAN (D. S. Mac)

115. La Cité. Très belle épreuve, *signée*.

## LEANDRE (Ch.)

116. Une Page d'Amour. Très belle épreuve sur chine.

117. Femme au bronze. Très belle épreuve, *signée* (n° 21).

118. La Femme au chien — La Femme au singe. Deux pièces. Très belles épreuves, *imp. en couleurs*, *signées* et *numérotées*.

## LEGRAND (Louis)

119. Louis Legrand, par lui-même. Très belle épreuve sur japon.

120. LA PETITE CLASSE, 12 EAUX-FORTES. Exemplaire n° 5
     (sur 30) tiré sur japon, avec les couvertures, dans
     le cartonnage de publication.

121. LES PETITES DU BALLET, 14 EAUX-FORTES. Exemplaire
     n° 9 sur japon, *timbré*.

N° 36 du Catalogue.

122. Au Cap de la Chèvre, suite de 14 lithographies
     dans la couverture de publication. Exemplaire
     sur chine.

123. Les Amants. Superbe épreuve *avec remarque*, sur
     japon, *signée* (n° 3).

124. LES BARS, 8 POINTES SÈCHES. Exemplaire n° 4, dans
     le cartonnage de publication.

125. Le Calvaire. Superbe épreuve sur japon, *signée*
     (n° 1).

126. L'Aïeule. Très belle épreuve *imp. en couleurs, signée* (n° 7).

127. La même estampe. Très belle épreuve de la planche réduite, *imp. en couleurs, signée.*

128. A l'ombre. Très belle épreuve *signée* (n° 1).

129. L'Amateur. Très belle épreuve, *signée* (n° 1).

130. Les Amis de collège. Très belle épreuve, *signée.*

131. Après le bain. Très belle épreuve *signée* (n° 4).

132. Au Bar. Très belle épreuve sur japon, *signée* et *numérotée.*

133. Au Bord de la Marne. Très belle épreuve sur Japon, *signée (n° 1).*

134. Au Bord de la Mer. Très belle épreuve, *signée* (n° 11).

135. Beau Soir. Superbe épreuve sur japon, *signée* (n° 9).

136. Bertrand dort (11-12). Deux pièces. Très belles épreuves sur japon, *signées* (n° 4).

137. Le bon Bedeau. Très belle épreuve sur japon, *signée* (n° 1).

138. La Camériste. Très belle épreuve, *signée* (n° 4).

139. Chattes. Très belle épreuve, *signée* (n° 2).

140. Le Curé de Campagne, 4ᵉ état (tiré à 5 épr.). Très belle épreuve, *signée* (n° 4).

141. Dans les Coulisses. Très belle épreuve, *signée* (n° 4).

142. Dans les Coulisses. Très belle épreuve, *signée* et *numérotée.*

143. Repos. Très belle épreuve, *signée* et *numérotée.*

144. Les Devoirs. Très belle épreuve *avec remarque,* sur japon, *signée* (n° 4).

N° 135 du Catalogue.

145. Frio. Très belle épreuve d'état, sur japon, *signée*.

146. Une Gosseline. Très belle épreuve sur japon,
      *signée*.

147. La Grand'Sœur. Très belle épreuve sur japon,
      *signée*.

148. L'Hétaïre ou le Vaporisateur. Très belle épreuve
      *imp. en couleurs, numérotée*.

149. Joie maternelles. Très belle épreuve sur japon,
      *signée*.

150. Maîtresse. Très belle épreuve sur japon, *signée*
      (n° 6).

151. Le Mâle. Très belle épreuve sur japon, *signée*.

152. Mater Inviolata. Très belle épreuve *avec dédicace*.

153. M^me D***. Très belle épreuve, *signée* (n° 2).

154. Le Paing quotidien. Très belle épreuve, *avec re-
      marque, signée*.

155. Le Parisien. Superbe épreuve *avec remarque, imp.
      en couleurs*, sur japon, *signée* (n° 6).

156. Paysage breton. Bon à tirer, *imp. en couleurs,
      signé*.

157. La petite classe. Très belle épreuve, *signée* (n° 2).

158. Le Petit Souper. Très belle épreuve *imp. en cou-
      leurs, signée*.

159. Le Prince K***. Très belle épreuve *avec remarque,
      signée* (n° 5).

160. Private-Bar. Très belle épreuve *tirée en 2 tons,
      signée* (n° 1).

161. Réalisme. Très belle épreuve. *Signée* (n° 3).

162. Le Repos des bicyclistes. Très belle épreuve, *imp.
      en couleurs*, sur japon (n° 5).

163. La Sirène. Très belle épreuve sur japon, *signée*.

164. Le Souper de l'Apache. Deux superbes épreuves *d'état différent, signées.*

165. Soupeurs. *Bon à tirer, imp. en couleurs,* signé.

166. Sous les Figuiers. Très belle épreuve *avec remarque, signée* (n° 1).

167. Spleen. Très belle épreuve, *imp. en couleurs, signée* (n° 10).

168. Un Coin de Paris. Très belle épreuve, *signée* (n° 1).

169. La Vieille servante, épr. sur japon, *signée.*

170. Quatre Danseuses. Superbe épreuve sur japon, *signée* (n° 5).

171. Danseuse. Très belle épreuve, *signée* (n° 2).

172. Deux Danseuses. Deux très belles épreuves *d'état différent,* sur japon, *signées.*

173. Danseuse à l'éventail. Deux très belles épreuves *d'état différent, signées* (une *imp. en couleurs*).

174. Teutonophonie. — La Prostitution. — Le Monsieur des Salons. Trois pièces. Très belles épreuves sur japon, *signées.*

175. Le Vieux curé. — Flore artificielle. — Etudes de Danseuses. — Croquis. Quatre pièces, *signées.*

176. La petite Servatoire. — Sur le bout du banc. Deux lithographies. Belles épreuves, la 2ᵉ *avec remarque.*

177. La Femme à l'ombrelle. — Dimanche. — Le Moulin de la pierre blanche. Trois pièces. Très belles épreuves, *signés, une avec remarque.*

178. L'Essayeuse. — L'Accroc. — Un Point. Trois pièces. Très belles épreuves sur japon, *signées.*

179. Gin. — Battersea Park. Deux pièces. Belles épreuves sur japon, *signées.*

180. Coquette. — Fleur de lit. Deux pièces. Très belles épreuves sur japon, *signées*.

181. Travesti. — Paresseuse. — Boudeuse. Trois pièces. Très belles épreuves, *avec remarque, signées*.

182. Anatomie comparée. — Les Eléphants. — Oh ! les fleurs. — Moutonnière. Quatre pièces. Très belles épreuves, *signées*.

183. Léda. — Celle qui se peigne. — La mort n'a pas faim. Trois pièces. Très belles épreuves, *signées*.

184. Sur le bout du banc. — Epaves de famille. — Le Plié. — La petite Servatoire. Quatre pièces sur japon, *signées*.

185. Un Soir. — Au Café. — Les Billes. — Invitation. Quatre pièces. Très belles épreuves sur japon, *signées*.

186. Mélancholia. — Animales. — Diane chasseresse. Trois pièces. Très belles épreuves sur japon, *signées*.

187. Soireux. — Le Passant. Deux pièces. Très belles épreuves, *signées* et *numérotées*.

188. Espiègle. — Petite Fille à la raquette. — Petite Fille assise. Trois pièces. Très belles épreuves sur japon, *signées*.

189. Pédiculture. — La Toilette. — Le Tub. Trois pièces. Très belles épreuves *signées* et *numérotées*.

## LEHEUTRE (G.)

190. La Maison du Garde. Superbe épreuve sur papier ancien, *signée* (n° 8).

191. Le Bassin neuf à La Rochelle. Très belle épreuve, *signée* (n° 11).

Nº 160 du Catalogue.

192. La Rue de l'Ecole, à Troyes. Superbe épreuve, *tirée sur papier ancien, signée* (n° 7).

193. La Ruelle des Chats, à Troyes. Très belle épreuve, *signée* (n° 22).

194. La Rue Corne-de-Cerf, à Troyes. Superbe épreuve, *signée* (n° 17).

195. Le Pont de bois, à Troyes, 1898. Superbe épreuve, *signée* (n° 16).

196. Les Cités ouvrières, à Troyes. Très belle épreuve, *signée* (n° 18).

## LEPÈRE (Auguste)

197. Le Bassin des Tuileries (265). Série de six épreuves *d'états* ou de *tirages différents*, timbrées, une *signée :* sur japon.

198. La Procession de la Fête-Dieu, à Nantes (272). Très belle épreuve, *imp. en couleurs, signée* (n° 42).

199. Le Port de Nantes en 1906. Très belle épreuve, *signée*.

200. La Cathédrale d'Amiens, jour d'inventaire. Superbe épreuve sur japon. *Signée*.

201. Amiens, 1907. Très belle épreuve sur japon, *signée*.

202. Le Pêcheur. Superbe épreuve sur japon, *signée*.

203. Portrait de l'Artiste — Menu des cent Bibliophiles — Billet de Naissance. Quatre pièces. Belles épreuves, une *signée*.

204. La Forêt de Fontainebleau (édition Desmoulins). Suite complète des 34 pl. sur japon pelure, *signées* et *numérotées*, dans le cart. de publ.

205. Voyage autour des Fortifications — Paris (édition Desmoulins). Suite complète des 24 pl., non compris 3 états, soit 27 pièces sur japon pelure, *signées* et *numérotées*, cart. de publ.

206. L'Exposition (de 1889) (édition Desmoulins), 8 pièces sur japon pelure, *signées* et *numérotées*.

207. Coins de Paris et de Province (édition Desmoulins), 5 pl. sur japon pelure, *signées* et *numérotées*.

## LEQUEUX (Emile)

208. *Bruges mystique, 15 Pointes sèches* — exempl. nº 27, cart. de publ. Très belles épreuves sur japon.

## LUNOIS (Alex.)

209. Les Pélerins d'Emmaüs. Très belle épreuve, *signée*. Très rare.

210. Un Ballet à l'Opéra. Très belle épreuve *d'essai*, *signée*.

211. Hollandaise à la fenêtre. Très belle épreuve sur chine, *signée*.

212. Le Pain. Superbe épreuve *d'essai*, sur japon pelure, *signée*.

213. Au Coin du Feu. Très belle épreuve *numérotée* (tirée à 10 épr.).

214. Les dernières Prières. Très belle épreuve sur chine.

215. Les Novios. Très belle épreuve sur japon, *signée* (nº 1).

216. Une Nuit à Séville. Très belle épreuve avec la mention : *unique, signée*.

217. Algérienne au Rouet — Une Andalouse — Les Castagnettes. Trois pièces, *signées*.

218. Le Menuet chez Mᵐᵉ Ménard-Dorian. Superbe épreuve *d'état, imp. en couleurs, signée*.

219. La Buveuse d'absinthe. Très belle épreuve *imp. en couleurs, signée.*

220. Espagnole mettant son soulier. Superbe épreuve *d'essai, imp. en couleurs, signée.*

221. Avant la Danse. Superbe épreuve, *imp. en couleurs, signée.*

222. Bailarinas flamencas. Très belle épreuve, *imp. en couleurs, signée.*

223. Les Panaderos. Deux très belles épreuves *d'impression différente, numérotées.*

224. Guitariste. Très belle épreuve *imp. en couleurs, signée* (n° 1).

225. Fête de nuit sur le Guadalquivir. Superbe épreuve *avec remarque, imp. en couleurs, signée* (n° 4).

226. Espagnole. Superbe épreuve *rehaussée de couleurs, signée.*

227. Guitarera. Très belle épreuve *rehaussée de couleurs, signée.*

228. Calle Passion. Superbe épreuve *avec remarque, imp. en couleurs, signée* (n° 11).

229. Intérieur Hollandais. Superbe épreuve *avec remarque, imp. en couleurs, numérotée.*

230. Magasin de Nouveautés. Très belle épreuve *imp. en couleurs, avec remarque, signée.*

231. Femmes Arabes. Très belle épreuve *imp. en couleurs, signée* (n° 12).

232. A l'Imparcial — Les Coulisses de l'Imparcial. Deux pièces. Très belles épreuves, *imp. en couleurs, signées* (la 1re *avec remarque*).

233. Baile de Flamenco — La Sœur de l'Artiste — Marchande de Pots. Trois pièces *imp. en couleurs, signés.*

234. Femmes de Canamelar — Sous les Tilleuls — Couverture des Peintres-Lithographes. Trois pièces, *imp. en couleurs, signées*.

235. Le Repos des Danseuses — Femme assise — Tapisserie. Trois pièces, *imp. en couleurs, signées*.

236. Etude — Femme arabe — Dans le Sud-Algérien. Trois pièces, *imp. en couleurs, signées*.

N° 191 du Catalogue.

237. A Uttera — Femmes kabyles aux champs — Sur la Terrasse — A la Fontaine. Quatre pièces *imp. en couleurs, signées*.

238. Femme arabe — Etude — Menu — Danaë. Quatre pièces, *imp. en couleurs, signées*.

239. Le Bain de la Mariée juive — La Toilette — Paysage d'apr. Cazin — Une Rue à Burgos. Quatre pièces, 2, *imp. en couleurs, signées*.

240. La Corrida (album nᵒ 1), suite de 8 planches gr.
in-fol. Très belles épreuves, *imp. en couleurs,
signées* (avec remarque).

## MANTÉGNA (A.)

241. Œuvre de A. Mantégna, texte par G. Duplessis
et 26 pl. d'Amand-Durand en 1 portefeuille in-fol.
cart.

## MATHEY (Paul)

242. Eugène Rodrigues (Ramiro) — Page d'Album.
Deux pièces. Très belles épreuves, *numérotées,*
une *signée.*

## MAURIN (Ch.)

243. Nouvelle Education sentimentale, suite de 12 pl.
*tirées en 2 tons,* timbrées.

## MEISSONIER (E.)

244. Le Sergent rapporteur (H. B. 14). Belle épreuve sur
chine. Encadrée.

## MERYON (Ch.)

245. Collège Henri IV (43). Très belle épreuve du
7ᵉ état (sur 8).

246. Voyage à la Nouvelle-Zélande, couvert. et 6 pl.
Très belles épreuves.

## MILLET (J. F.)

247. Les Bêcheurs (L. D. 13). Très belle épreuve sur chine
(petites piqûres).

248. Les Glaneuses (12). Très belle épreuve sur chine
(petites piqûres).

N° 249 du Catalogue

249. Le Départ pour le Travail (19). Très belle épreuve
du 3ᵉ état *avec les adresses*.

### MONNIER (Henry)

250. Six Quartiers de Paris, titre et suite complète de
6 pl. *coloriées*. Très belles épreuves.

### MONOD (L. H.)

251. Satyre et Bacchante. Très belle épreuve, *signée*
(n° 1).

252. Songerie. Très belle et rare épreuve *avec remarque*,
*signée*.

253. Souvenirs. Très belle épreuve *imp. en couleurs*,
*signée* (n° 16).

254. La même estampe, *imp. en sanguine, signée*.

255. Rêverie. Très belle épreuve sur chine, *signée* (n° 1).

256. Curieuse. Deux très belles épreuves, une du 1ᵉʳ
état, *avec les remarques;* signées.

257. Réflexion. Deux états différents, sur chine, *signés*.

258. Sommeil. Deux pièces, une tirée en 3 tons, *signées*.

259. Bacchante. Très belle épreuve du 1ᵉʳ état, *signée*.

260. Bacchante endormie. Très belle épreuve, *tirée en
3 tons, signée*.

261. Bustes de Femmes, 2 pl. aux 3 crayons, se faisant
pendants. Très belles épreuves, *signées*.

262. Planche aux trois Sujets — Femme et Satyre.
Deux pièces. Très belles épreuves, *signées*.

263. Le Repos — Etudes de Femmes. Trois pièces,
*signées*.

## MULLER (Alf.)

264. Baigneuses sous les Saules. Très belle épreuve, *imp. en couleurs, signée*.

265. La Nonchalante. Très belle epreuve, *imp. en couleurs, signée* (n° 19).

## MULLER (A.) — LORRAIN (R.)

266. L'Escarpolette. Très belle epreuve, *imp. en couleurs* (n° 7) — Sommeil dans les fleurs. Deux pièces.

## OUTAMARO

267. Deux estampes. Encadrées.

## PAILLARD (H.)

268. Bords de la Seine, à Paris — Zaandam — Les Bateaux. Quatre pièces. Très belles épreuves, *imp. en couleurs signées* et *numérotées*.

## PARIS

269. Siège de Paris — Paris sous la Commune — Paris incendié, etc. 85 pl. par Martial, Lalanne, Yon et P. Roux.

## PATRICOT (Jean)

270. Jason et Médée, d'ap. G. Moreau, épr. *avec remarque, sur parchemin, timbrée*. Encadrée.

## RANFT (R.)

271. Bal costumé. Deux très belles épreuves, *imp. en couleurs, signées* (une d'essai).

## RAFFAELLI (J. F.)

272. La Route aux grands arbres. Très belle épreuve *imp. en couleurs, signée* (n° 11).

273. Le Chiffonnier éreinté. Très belle épreuve sur japon, *signée.*

274. Le Chemineau. Très belle épreuve, *signée* et *numérotée.* Encadrée.

## RAPHAËL

275. *Les Vierges de Raphaël, gravées par les premiers artistes français* — Paris, Furne, s. d., texte et 12 pl.

## RASSENFOSSE (A.)

276. Auscultation — Le Baiser du porion — Mâle et femelle. Trois pièces (deux avec *croquis original*).

## RECUEILS

277. Société internationale chalcographique, 58 pl., reproduisant des estampes du xv° siècle.

278. *Société de Reproduction de Dessins de Maîtres,* 1" année 1909, en feuilles. Rare.

279. Société de Reproduction de Dessins de Maîtres, 2° année 1910, en feuilles.

## RENAULT (Malo)

280. Scènes Bretonnes et sujets divers. Dix pièces. Très belles épreuves, *imp. en couleurs, signées.*

281. *Ragotte à dit, 7 pointes-sèches en couleurs,* Paris, s. d. — 1 alb. petit in-fol. cart. de publ.

N° 255 du Catalogue

### ROBBE (Manuel)

282. La Chemise enlevée — Femme à sa toilette. Deux
pièces, *imp. en couleurs, signées.*

283. Les Mamans — Les Laveuses. Deux pièces. Très
belles épreuves, *imp. en couleurs, signées.*

284. Le Bouquet de violettes — Le Cabinet de toilette
— Le Maquillage. Trois pièces. Très belles
épreuves, *signées.*

### ROPS (d'apiès)

285. Le Bout du sillon, par Bertrand. Très belle
épreuve *avec remarque, i mp. en couleurs* (n° 14)

286. L'Enterrement au pays Wallon. Très belle épreuve
*avec remarque*, sur japon.

287. Nubilité — La Dame en noir — La Foire aux
Amours — Bonne volonté — Appel aux masses
— Humanité. Cinq photogravures *imp. en cou-
leurs* (sauf une).

288. Ma Grand'Tante — Paysanne — Le Bout du sillon
— Hommage à Pan. Quatre pièces.

### SIMON (T. F.)

289. Les Quais — Scènes de marchés. Trois pièces.
Très belles épreuves, *imp. en couleurs, signées*
et *numérotées.*

### SOMM (H.)

290. Japonisme, série de 9 états différents, tirés sur
japon.

### STEINLEN (Th. A.)

291. Le Retour du Lavoir. Très belle épreuve *d'essai,
timbrée.*

292. La même estampe. Très belle épreuve, *timbrée* et *numérotée*.

293. Les deux Modèles nus — Les trois ouvrières. Deux pièces. Très belles épreuves, une *signée*.

## THAULOW (F.)

294. Effet de neige en Norvège. Très belle épreuve, *imp. en couleurs, signée* (n° 41).

## UNGER (W.)

295. Eaux-Fortes d'après les Maîtres anciens, 8 livraisons in-fol.

## VEYRASSAT (J. J.)

296. *Eaux-fortes par J. Veyrassat*, 14 pl. 1ᵉʳ tirage.

## VILLON (Jacques)

297. Le Chien Colley. Très belle épreuve. *signée* (n° 3).

298. Un Début — La petite Boudeuse — Mes petites Amies, etc. Six pièces. Très belles épreuves, *signées*.

## WHISTLER (J. M. N.)

299. Liseuse nue. Lithographie. Très belle épreuve. Encadrée.

300. La Conversation. Très belle épreuve sur japon.

301. *L'Œuvre de James Mac Neill Whistler, quarante reproductions...* Paris, 1905 — 40 pl. avec préface, par Léonce Benedite, en 2 alb. in-fol.

## WILLETTE (Ad.)

302. Le Coucher de la Mariée. Très belle épreuve *avec remarque*, sur parchemin, *signée* (n° 2).

303. Nouvelles Chansons de Paul Delmet, 33 pl. — Ohé les Mœurs, 10 pl., soit ensemble 43 pièces sur japon.

### ZORN (Anders)

304. Zorn et sa Femme (L. D. 42). Superbe épreuve sur japon, *signée*.

305. Le Toast (80). Superbe épreuve du 3ᵉ état, *avant les derniers travaux*. Rare.

306. Verlaine, 1ʳ pl. (92). Belle épreuve.

### ZULOAGA (J.)

307. Manolas. Très belle épreuve sur japon, *signée* et *numérotée*.

### BAUDOUIN (d'apr. P.-A.)

308. La Soirée des Tuileries, par Simonet (E. B. 47). Très belle épreuve.

### DEMARTEAU (G.)

309. Femme assise sur un lit, d'apr. F. Boucher (n° 45), épr. encadrée. Cadre ancien.

310. Femme sur le ventre, d'apr. Boucher (46). Superbe épreuve *tirée en sanguine*.

311. Petit Ménage, d'apr. Boucher (50). Très belle épreuve *tirée en sanguine* (les lettres C. P. R. grattées). Encadrée.

## ÉCOLE FRANÇAISE

312. Mareilles (C<sup>sse</sup> de), par de Longueil, d'apr. Eisen.
— Sujet galant, par Chevery. — M<sup>lle</sup> Camargo,
d'apr. Lancret. — Thouret, par Fiesinger. — Vi-
gnette, par Baquoy. Cinq pièces encadrées.

313. Les Amans surpris. — Jupiter et Léda. — L'Eplu-
cheuse de salade. — La servante congédiée. —
Le Mari n'y voit pas. Cinq pl. d'ap. Baudouin,
Jeaurat, etc., par Choffard, Baléchou, Jazet et
autres.

### FRAGONARD (d'apr. H.)

314. Le Verre d'eau, par Ponce. Belle épreuve (sans
marges).

### JANINET (J.-F.)

315. Tarquin et Lucrèce, d'apr. Ch. Eisen. Très belle
épreuve, *imp. en couleurs*, encadrée.

### LAVREINCE (d'apr. N.)

316. Ah! laisse-moi donc voir, par Janinet (2). Très
belle épreuve, *imp. en couleurs*, sans marges.

### LE CLERC (d'après)

317. A Beau cacher, par Bonnet. Belle épreuve, *tirée
en sanguine*.

### LOISY (P. de)

317 *bis*. Représentation du S. Suaire de Besançon, épr.
sur soie, encadrée. Cadre ancien.

### PORTRAITS

318. Le Couvreur (Adrienne). — Necker. — Le Kain.
— Voltaire. — Roettiers. — Morand (S. F.). Six
pièces par Drevet et S<sup>t</sup>-Aubin.

## PRUDHON (d'apr. **P. P.**)

319. Le Premier baiser de l'Amour, par Copia. Très
belle épreuve, encadrée.

## REMBRANDT VAN RIJN

320. Jupiter et Danaé (204). Très belle épreuve. Encadrée).

## SERGENT (A.-F.)

321. *The Day's Folly. — The Magnetism.* Deux pièces
de formes ovales se faisant pendants. Très belles
épreuves, *imp. en couleurs*, sans marges. Encadrées.

322. Necker, petite pl. de forme ronde. Belle épreuve,
*imp. en couleurs*, encadrée.

# DESSINS

---

### BÉRAT (E.)

323. Le Vieux savant. A la plume, rehaussé d'aquarelle.
Encadré. Cadre ancien.

### BOUCHER (François)?

324. Les petits Oiseleurs. A la sanguine. Sous verre.
H. 305. L. 245.

### BOULANGER (Louis)

325. Rêverie. A la plume. Signé. Sous-verre.

## BOUQUET (Michel)

326. Bord de rivière. A l'encre de chine. Encadré.

## BUHOT (Félix)

327. Deux aquarelles : 1ʳ pensée pour le *Diable boîteux*. — La transfiguration de la Femme en démon. Collection Oct. Uzane. Encadrées.

## CALL (Jean van) ?

328. Paysages. Deux petits dessins à la sépia. Sousverre.

## CALLOT (attribué à J.)

329. Le Pélerin. A la plume. Sous-verre.

H. 340. L. 205.

## CHÉRET (J.)

330. Projet de Frontispice, pour *Entrée de clowns*, plume, avec rehauts de gouache. Encadré.

## COGNIET (Léon)

331. Profit de jeune Fille. Signé des initiales. Encadré.

## CONCA (Sébastien)

332. La Mort de la Vierge. A la pierre noire. Sousverre.

H. 370. L. 200.

## DARJOU (A.)

333. Scènes comiques. Deux dessins à la mine de plomb. rehaussés d'aquarelles sous-verre.

## DELACROIX (Eugène)

334. Mort d'Hamlet. A la mine de plomb. Sous-verre.

N° 324 du Catalogue

### DELACROIX (Eugène) ?

335. Le Duc d'Orléans montrant sa femme au duc de
Bourgogne. Pastel. Encadré.

H. 270. L. 210.

### ÉCOLE FRANÇAISE (xviii° siècle)

336. Le Liseur. A la sanguise. Sous-verre.

H. 360. L. 280.

337. Le Trophée de chasse. Crayon et sépia. Sous-
verre.

L. 276. H. 222.

338. Groupe de cinq Personnages. A la sanguine. Sous-
verre.

339. La Grange. Plume et encre de chine. Sous-
verre.

L. 368. H. 233.

340. Groupe de personnages assis sur des ruines
antiques. Plume et sépia. Sous-verre.

H. 260. L. 230.

341. Jeune Femme en buste, de profil à gauche. Crayon
noir. Encadré. Cadre ancien.

H. 178. L. 140.

342. Femme debout, de profil à droite. A la sépia.
Encadré.

### ÉCOLE FLAMANDE (xvi° Siècle)

343. Le Village. Plume et sépia. Encadré.

L. 200. H. 148.

### GRANDVILLE (J.-J.-I.)

344. Groupe de têtes. A la plume. Encadré.

### GUIGNET (F.)

345. Les Liseuses. Crayon noir. Signé. Encadré.

H. 248. L. 180.

## ISABEY (attribué à Eug.)

346. Coin de port. Sépia. Encadrée.

N° 367 du Catalogue

## LAVREINCE (attribué à N.)

347. La Jarretière Gouache. Encadrée.

H. 120. L. 095.

## LEGRAND (Louis)

348. Incognito ! Crayon noir avec rehauts de pastel. *Signé*. Encadré.

H. 540. L. 410.

349. Jeune Femme assise. Crayon et encre de chine
avec rehauts de couleurs. Signé. Encadré.

H. 460. L. 300.

349 *bis*. Le Baiser, crayon noir, avec rehauts de blanc.
*Signé*. Encadré.

### LELU (Pierre)

350. Les Amants. A la sépia. Encadré. Cadre ancien.

H. 227. L. 163.

### LÉPICIÉ (B.)

351. Tête de vieille paysanne. Aux trois crayons.
*Signé*.

H. 200. L. 155.

352. Garçon tenant des cartes. A la pierre d'Italie, avec
légers rehauts. *Signé*.

H. 240. L. 200.

353. Scène d'Intérieur. Sépia et gouache. Signée. Sous-
verre.

354. Le Chargement des Colis. Crayon et encre de
chine. Signé. Sous-verre.

355. Le Marché. A l'encre de chine. *Signé*. Sous-verre.

H. 210. L. 188.

356. Garçon du peuple — Etude de cheval. Deux dessins. A l'encre de chine. *Signés*.

H. 248. L. 158.

357. Deux études de servantes. A l'encre de chine.
Signé. Sous-verre.

### LUNOIS (Alexandre)

358. Hollandaise à la fenêtre Aquarelle. *Signée*. Encadrée.

H. 308. L. 230.

N° 370 du Catalogue

359. Entrée du Romsdal fjord, aquarelle — Etude de
figure, dessin.

### MARILLIER (C. P.)

360. Joseph et Putiphar, pour la *Bible*, de Defer. A la
plume, lavé d'encre de chine. Signé et daté : 1760.
Encadré. Cadre ancien.

H. 125. L. 078.

### MONOD (L. H.)

361. Repos. Sanguine et gouache, Signé. Encadré.

L. 355. H. 265.

362. Far niente. Crayon brun avec rehauts de blanc.
*Signé*. Encadré.

L. 365. H. 290.

### PUJOS (A.)

363. Portrait de jeune Femme. Crayon noir. Encadré.
Cadre ancien.

H. 185. L. 125.

### RASSENFOSSE (Armand)

364. Femme nue debout. Aux trois crayons. *Signé*.
Encadré.

H. 330. L. 154.

365. Jeune Femme en noir. Crayon noir rehaussé de
pastel. Signé du monogramme.

366. Etude pour une illustration du faux Chevalier de
Warwick. Crayon noir. Signé.

### ROBERT (Hubert)

367. La Colonnade. A la sanguine. *Signé et daté* : 1759.
Sous-verre.

H. 540. L. 405.

## ROBERT (Hubert)?

368. Le Pêcheur. A la sanguine. Sous-verre.

L. 312. H. 250.

369. Etudes de deux figures. A la sanguine. Sous-verre.

H. 327. L. 237.

## ROPS (Félicien)

370. Frontispice pour les *Rimes de joie*, de Th. Hannon. A la plume, lavé d'encre de chine et rehaussé d'aquarelle. *Signé. Encadré.*

H. 265. L. 165.

## VIEN (J. M.)

371. Le Géographe. Contre épreuve de sanguine. Sous-verre.

372. Sous ce n°, il sera vendu plusieurs dessins et estampes encadrés et non catalogués.

IMPRIMERIE

FRAZIER-SOYE

153-157, Rue Montmartre

PARIS

RED.:

19

graphicom

MIRE ISO N° 1
NF Z 43-007
AFNOR
Cedex 7 - 92080 PARIS-LA-DÉFENSE

0 1 2 3 4 5 6 7 8 9 10

# BIBLIOTHEQUE
# NATIONALE
# DE FRANCE

****

# CHATEAU
# DE
# SABLE
# 1996